歌集

母の青空

桜井仁

飯塚書店

目次

本書を亡き母に捧ぐ

母の青空

平成二十一年

南の海に

灯を消せばアブチラガマによみがへる戦ひの日の乙女の叫び

語り部に聴き入る子らの横顔の時をりうつむく涙と共に

戦ひに二十万余の命果ていま青く澄む沖縄の海

君の奏づる

夜の灯に艶めく君の両の眼の濡れゐる如し歌へる君の

夜に響く君の優しき歌声のやがて激しきリズムとなりぬ

鍵盤より突如離るる両の手のドラムに合はせ再び動く

中間部はしばしベースのソロとなりピアノ・ドラムの音なきバラード

床伝ふベースの響きは夜をゐる我と君との鼓動にも似て

春浅き野を駆けぬける風となり光となりて君のフルート

ジャズ響く昼の茶房に若き日のサヨナラ負けを君は語りぬ

半生の空

三足のわらぢを履きて歩み来し我が半生の空澄みわたる

君の来ぬ夜更けの窓にもたれつつ輝きを増すオリオン仰ぐ

欠席の四日続きし女生徒の今朝は笑顔に我と目が合ふ

タイガーマスク

同僚とＮＯＡＨ《ノア》立ち上げし伝記読む梅雨入り過ぎて曇るこの朝

肩幅の広く色白の君の勇姿タイガーマスク脱ぎて凛凛しく

常葉橘　初の甲子園

漢文を読む教室の窓近く団旗はためき夏がまた来る

三十年この日待ちたり雨上がる甲子園球場に我が校選手

一回裏先制のホームインする我が校の選手に向けて吹く進軍ラッパ

クリーンナップを連続三振に打ち取りしエース庄司に気迫みなぎる

初出場初勝利に湧く球場に澄みて轟く我が校校歌

あと一点で同点とならむランナーを好送球にて三塁に刺す

ここまで来れば力の差はなし勝負へのこだはり一つが決める勝ち負け

連戦の疲れか球に威力なくフォアボール多し今日のエースは

先取されし二点にめげずあっさりと集中打にて逆転したり

「突撃」に続き「大進撃」「コンバット」「ＶＩＶＡ」となり応援最高潮に達す

逆転に応援席湧くも束の間に試合は初の延長戦となる

伝令となりて甲子園の土を踏む笑顔すがしき背番号10

試合終へ帰る伊勢湾岸自動車道青き海面に夏の陽つよし

この子らと甲子園に来しこと幸はひと思ひつつ日暮れの校庭に立つ

風に吹かれて

校庭の枯葉一枚生徒らの歩き行くたび風に吹かれて

山なみは遠く霞みて君逝きしかの日の空に仰ぐオリオン

父ははと見下ろす駿河の秋の海伊豆をめざしてひとつ舟行く

物音もせぬ黄昏はセレナーデ聴きて去りたる日々を偲ばむ

平成二十二年

まなざし

サックスの激しく歌ふ合ひ間より君のベースのかすかに聞こゆ

ソロとなるピアノは冬の夕暮れをまどろむ我にそつとささやく

卒業のまぢかき子らの顔と顔日ざしの中に浮かびては消ゆ

夕暮れにうつむく君のまなざしの愛しさに似て咲くかすみ草

道端の花ひとひらを追ひにつつ我と君との距離が縮まる

いくたびの春

制服の変はるこの春校長の熱き思ひに身を乗り出して

出勤簿つひにここまで来たれるか校長・教頭の次が私ぞ

風寒き四月の校庭ボール追ふ新入部員の声も混じりて

一つづつ学校行事は終はりゆき定年までの残り三年

君の訃

直線の多く端正なる君の字は活字のごとし消すをためらふ

日直の部屋にひつそり置かれたり届きしばかりの君の訃報は

体育館に集へる子らは声ひそめ君の死告ぐる言葉受け止む

いく度も君の死を言ふ教頭の声は時をり殊に力みて

ひたすらに生くる他なし教室にほほゑみ返す子ら見てをれば

映画「ハナミヅキ」

幼き日父と見上げしハナミヅキ今年も白き花ふりこぼす

粉雪の夜更け公衆電話にて都会の君の声聞くしばし

イラクにて不慮の死遂げたる親友の報道写真の前に額づく

人間の運命さまざま描きたる映画終はりて席立てずゐる

暑さ過ぎて

秋早き空に響かふ幼な児の歓声白き谺となりて

晴れわたる金谷の空をＳＬの白き煙の徐々に近づく

秋深きひと日の暮れてサンマ焼く匂ひしばらく残る路地裏

今日の同窓会

紅葉の始まる木々のざわめきに今宵会ふべき君思ひをり

色白き女子高生のままにして細めたる目に笑みこぼす君

物故者の二、三人づつゐて担任の半数逝きぬ今日の同窓会

真打ちとなりて弁舌さはやかに君の司会は開会を告ぐ

肩組みて歌ふ校歌は若き日の響きのままに秋の夜更けぬ

叙勲の庭に

招かれて春秋の間にお出ましを待つひとときを壁絵に見入る

玉砂利を踏みつつ仰ぐ秋晴れの木末かすめて飛ぶ鳥の二羽

宮殿の木々のそよぎに拝謁の時を待ちをり叙勲の妻と

拝謁を終へたる心の高ぶりに叙勲の妻と秋空の下

夕暮れは都会の音をしづめつつ行き交ふ人の歩を早めさす

定年の君と

定年の間近き君はうつむきて明日の授業のページをめくる

訥々と若き日語る君の眼の時をり優しきまなざしとなる

定年は長き人生の通過点かく思ひたし昼の教室

肩冷ゆる教室の窓紅葉の始まる木々を子らと見下ろす

『遺愛集』

生かされてゐる幸せを思ひつつ冬の日ざしに読む『遺愛集』

端正な文字に歌詠む島秋人インクの薄き歌も混じりて

「もう一度一生懸命生きたかつた。」写真の裏の真実の声

濃く青き色を増しくる窓ぎはの葉かげいつしか冬の夕暮れ

冬の教室

死後に残るたつた一首を為さむためうた作り来し李徴も我も

数学を解く生徒らの顔見えて暮るるに早き初冬の窓辺

生徒らの声遠ざかる夕暮れに葉を落としたるけやき動かず

髪長き少女時をり顔起こし軽く手に梳く朝の教室

平成二十三年

春を待つ頃

風凍る朝の駅舎の薄あかり行き交ふ人の足音もなく

人少なき冬の地下道灯ともして温き茶房に朝のパン食む

老い母の背をさすりつつ立つ土手に立春の日の日ざしこぼるる

朱々と冬の日ざしは傾きていまだ芽吹かぬ木々の影濃し

東日本大震災

面接のさなか船酔ひのごとくして地震は長く長く続きぬ

整列点呼終へたる避難の生徒らにグランド今もかすか揺れつつ

東北の地震の惨状映しゐる職員室のテレビに見入る

小さき船を呑み込み陸を上り来る津波は黒き獣となりて

空港の浸水したる滑走路昨日と同じ春空映す

大津波に机・畳は散乱し家族笑みたる写真も泥の中

新聞のテレビ欄に空白多くしてただ「東北地方太平洋沖地震関連」

大地震の余震に怯ゆるみちのくの日暮れとなれば再びの雨

大津波に家も車もさらはれし岸辺に遅き桜咲き初む

猛暑日

時をりに我のクラスを褒めくるる数学教師に笑顔を返す

猛暑日は午後の授業を襲ひつつ「長恨歌」読む子の声小さし

八雲の海

夏の日の疲れ癒やさむ昼を来て乙吉だるまの優しさに会ふ

夕暮れの焼津の浜にひとり来て八雲も聞きし潮騒を聞く

心のハーモニー

本番の演奏始まる舞台裏君吹くフルートの音澄みわたる

勢ひよくバスクラの音は響きつつやがてフォルティシモに曲を誘ふ

ティンパニのバチさばき良く中間部をつなぐ静かなメロディーとなる

しばらくの休符の後のトランペット透き通る音はホルン引き連れ

金管の響き高まるフィナーレに子らの自信の確かなる音

東北の今宵は夏の雨ならむ台風過ぎて星見ゆる空

ダンサー杏奈

白きシャツ黒きズボンに振り付けを繰り返しつつ出番待つ君

ステージにダンサー三人輝けば少女杏奈の黒髪揺るる

中学生の元気な声の司会にも盛り上がる晩夏のステージ公演

小刻みに揺らす両肩広げたる両腕スポットライト追ひゆく

ステージに踊る笑顔のまぶしくて少女杏奈の軽快な脚

弾け跳ぶ白き肢体に大地震も台風被害もしばし忘れて

短歌に向かふ

熱く深くともに短歌を語らむと今朝晴れわたる大井川越す

文字ひとつ言葉ひとつにこだはりて辞書引く君の熱きまなざし

戦前の人の暮らしをまつぶさに君は語りぬ歌を離れて

いつの世も人の心を映し来し歌に癒やされ今日も過ぎたり

平成二十四年

沖縄修学旅行

星砂の浜に出づれば猫二匹海の蒼さに我を誘ふ

生徒らと連なりて入るガマの中灯りを消せば鎮魂の闇

激戦を生き抜きて今日若きらにひめゆりをまた夢語る君

戦争を語るかたり部の確かなる声に聴き入り子らは動かず

旅終へて帰る窓辺は風寒く光を放つ冬の三日月

新旧交代の季

幾たびの出会ひと別れ繰り返し定年まぢかき教壇に立つ

「来年も先生が担任」生徒らは疑ふことなく日々を過ごすに

来年の入学式は見ることのかなはぬ歳となりて日暮るる

壁ぎはにドラムの響く冬の街今宵デビューのピアノを聴かむ

絶え間なくエイトビートを刻む音やがてピアノの音に紛れて

生徒大会

雛壇に上がる議長と副議長粛然として会は始まる

会長のはぎれよき声会場に響き生徒会方針述べられてゆく

委員長代理の女生徒の可愛さにどよめき起こる生徒大会

採決の拍手求むる議長の声一瞬間を置き拍手の起こる

子らの声

幼き日タニシ獲りにしせせらぎの今なほありて早春の富士

肩冷ゆる模試の教室階下よりプールに泳ぐ子らの声する

常葉橘　三度目の甲子園

子らと行く甲子園への道夏の陽を受けオレンジの帽子連なる

開幕戦の雰囲気にエースも呑まれしかボールの浮きて連打を許す

「甲子園には魔物がゐる」といふ言葉確かに一回表は恐ろし

ヒット続き塁埋まりゆく反撃にスーザフォン左右に激しく揺らす

スーザ吹く我が傍らに報道陣列なし曲の終はるを待てり

一曲の終はればすかさず四、五人の報道陣の質問に会ふ

中盤に二点返して反撃の我が校チームに「VIVA」の高鳴る

勝てば良し負けてまた良しスポーツは感動といふさはやかな風

甲子園より帰り来る生徒らのバス並ぶグランド濡らす夏の夜の雨

四年間に三度も来たる甲子園その幸せは我らの宝

丸き背

丸き背に母の齢を感じつつロンドン五輪に湧く朝の卓

背は丸く二本の杖に頼りたる母の歩みを朝に見送る

帰り来て暗きこの部屋汗垂りてひとり夕餉の卵を割りぬ

熟したる無花果一気に頬張らむ地震・津波におびゆる夜は

体育祭

頂に雪ある富士を遠く見て体育祭の始まらむとす

青空の下に輝く白きシャツ子ら一斉に秋を駆け行く

百メートルをひた走り行く女生徒の黄色いハチマキとつても似合ふ

夏過ぎて

冷たきを右に左にころがせばレモン一つに心救はる

「国語」のみに生き来し我か世の中のことさへ知らず日々過ごし来て

主役の実幸

風寒き東静岡足早く今宵主役の君に会ひに行く

三年の時経て今日のステージに主役ロミオの実幸に出会ふ

壇上に一瞬目の合ふ教へ子の凜凜しき主役に釘づけとなる

勇ましき青年役の教へ子の声にかつての面影さぐる

口髭に張りある声のロミオ役教へ子実幸に目を奪はれて

ロミオ追ひ自死せしジュリエットに血の如く赤き花びら降り注ぐなり

芸術は征服なりと言ひ放つフランス人監督の言葉うべなふ

平成二十五年

子ら去りし庭

謙遜を説く校長の声響く日ざしかすかなる卒業の朝

君の読む答辞の声に三年の思ひ込み上ぐるステージの上

思ひ出を言葉つまらせ言ふ君の答辞に不意の涙こぼるる

或るは叫び或るはうつむき礼をして卒業式場子らは去り行く

去り際に我に手を振りふり返る女生徒早知子の白き笑顔は

子ら去りし後の教室目つむれば浮かびくる顔よみがへる声

卒業式終へて人かげなき庭に春兆す今日の雨降り始む

降りそめし雨に濡れつつ卒業の我が生徒らの影追ふ夕べ

玉鉾神社例祭

献詠の我が声ひびく浅間の桜舞ひ散る光の中を

警蹕の声に低頭する我にひとひらふたひら桜はなびら

豊栄の舞を舞ひゐる巫女二人桜はな散る光となりて

定年退職

人事異動・クラス編成ささやかれ定年待つ身の気安さにゐる

離任式終へて帰ればば五十代最後の夜の静けさの中

新年度始まる朝は退職の我に静かなる時の流るる

時は流れて

せせらぎを背に聞きて行く春の径古刹山門春光浴びて

ビブラート時にかかりてこの夜をささやく如く君のサックス

今日ひと日命保ちて眠らむとして新緑の雨を聴きをり

君の弾くピアノソナタの聞こえくる朝の窓辺に夏の富士見ゆ
感動ふたたび

新装の草薙球場球児らの足どり確かに夏が始まる

子らとまた演奏できる喜びをかみしめ今日も「大進撃」吹く

降る雨をブルーシートに除けにつつ「コンバットマーチ」の演奏始まる

八回までゼロのみ並ぶ投手戦両チームにホームベースの遠く

最終回二死満塁と攻めたてててトップバッターに期待高まる

一塁にヘッドスライディングする君の手は一瞬ののちアウトとなりぬ

甲子園の夢つひえたる日の暮れはグランド濡らし夏の雨降る

彼岸花

生徒らの声の近づく早朝の土手の斜りに咲く彼岸花

澄みわたる初秋の空に色映えて涼しき庭に咲く彼岸花

木の末の徐々に色づくこの朝を山鳩鳴きて咲く彼岸花

田中将大

先発のマウンドに立ち吠えまくる負けざるエース田中将大

ノーアウト一塁二塁のマウンドに気合ひの投球田中将大

二塁打に二人生還一点差さらに気迫の田中将大

三時間過ぎて試合は中盤戦熱投つづく田中将大

勝敗を決めるか次の一球は眼するどし田中将大

眠らむとしてテレビ消す画面には満面の笑み田中将大

行進曲「星条旗よ永遠なれ」

高音のシンコペーションの高鳴りにたちまち終はるイントロ四小節

低音は目立たぬゆゑに貴けれ十六分音符刻むチューバも

高音と低音楽器の掛け合ひに高音応へてくれるうれしさ

ピッコロの副旋律こそ聞きどころトリルありまた跳ねる音あり

一瞬の休符の後をトロンボーン・トランペットのフィナーレに入る

追悼　木宮和彦先生

年ずゑの雨の日暮れのやさしさに君を偲べば揺るる街の灯

私学人としての心を熱く熱く若き教師に語りし先生

教育はおむすびづくりと同じなり研修会に先生の言ふ

世の中を渡るすべ説く先生のユーモア厳しさ身にしみて聴く

背の丸く顔の大きな先生の笑顔あふるる学園本部

一万の常葉学園集結す常葉日和の草薙グランド

橘と菊川との野球決勝戦夢のかなひしかの瞬間も

御夫人を伴ひ常葉美術館一念の絵にしばし歩を止む

先生より我が結婚式に賜はりし「和顔愛語」は今も掲げて

平成二十六年

店じまひ

閉店の近きこの店捨てらるる運命にあるとふ本を手にとる

手にとれば著者のサインの鮮やかに残るこの本も半額といふ

店じまひ決めたる店主はうつむきて冬の日暮れを本に囲まる

六冊の本を買ひても千余円店の名残をカバンにしまふ

ステージに

ステージに奏づる「五木の子守唄」ユーホニウムの豊けき音色

「暁に祈る」を歌ふ君の声聴き入る若きらしばし動かず

敵機迫るをトロンボーンにて表せる交響曲第一楽章のクライマックス

若き日のステージ今によみがへる「ムーンライト・セレナーデ」聴く冬の夜

南九州ひとり旅

吹く風に椰子の木揺るる錦江湾雨に霞みて白き波見ゆ

盛り上がり膨れつつ立つ白波の上を滑りて行く高速船

霧深き山登り来て見上ぐれば縄文杉の幻に会ふ

倒木に苔むす森のせせらぎに佇てばもののけ姫の顕はる

森の霊のささやく如しひとすぢの光の射してゐるひとところ

集合の時刻に遅れし老夫婦冷たき視線の中を乗り来る

高千穂の峰は今なほ神います山なり輝き放ついただき

蔵書整理

すき間より洩れくる風の冷たくて春のひと日を蔵書整理す

終活とふ言葉の重くのしかかる蔵書整理の雨の真昼間

初めてのバイトに買ひし全集本売らむとするをしばしためらふ

あつさりと蔵書千冊売り渡し心すがしくゐる梅雨の朝

我が家新築す

六十路過ぎ我に父あり母ありと眠らむとする夜半に確かむ

手の利かぬ妻に代はりて食器洗ふ我を目細め母は笑むなり

解体の迫る旧居に受話器とれば「文芸フォーラム」解散の報

住みなれし我が家取り壊さるる昼梅雨の晴れ間の空が明るし

教へ子の作文用紙は黄ばみつつ夜の倉庫に縛られてゆく

「羅生門」「こころ」文法「山月記」「永訣の朝」教職の日々

取り壊し終へたる我が家の庭に立ち土の香放つ雨を見てをり

夏の終はりに

声荒げ明治維新を説く教師夏の終はりの教室に立つ

肩並べ女生徒二人帰り行く夏の名残の日射しの中を

駅に続く地下道に人の声はなくスマホ片手の人ばかり過ぐ

食べ終へて再びスマホを手に取りて話すことなし若き男女は

まつりの庭

早朝の祭の庭に淡く差す光に向きて階上りゆく

柏手の音澄みわたる境内に我の祝詞の声も冴えつつ

神守る人の心に晴れわたる秋の真昼の空のすがしさ

茜雲

三連符きざむピアノの聞こえくる職員室に採点進む

茜雲にはかに黒き西空となりて補講は復習の時

灯のともる部屋は夜空に浮かびつつ微分積分講師言ふ声

新しき我が家

空青く竣工なりし我が家にまづ移したり『国歌大観』

住み慣れぬ新居に迷ふ老い母に食堂への道いくたびも言ふ

語らむとして兵の日を語らざる卆寿の父と感状仰ぐ

平成二十七年

ふるさとの山

職退きてひねもす書読むこの我に父ははのありふるさとのあり

ふるさとの山に登れば父ははと幼き我のみかん切る音

定年の身を遊ばするふるさとの山の空気は今も澄みたり

教へ子

日の暮れは若き教師が生徒にも見えてひと日の授業終はりぬ

教へ子は若者のみにあらずして九十歳の媼も集ふ

家康も好みしといふ折戸ナス新年会のテーブルの上

日記の中に
志望校に迷ひ専攻に迷ひたる我が若き日の文字の傾く

初めての下宿生活に昂ぶりし日記の文字は少し乱れて

都会での一人暮らしの慰めに文通始めしかの日粉雪

読み返す日記に四十年前の我あり今を生くる我あり

思ひ出は時に酷さを伴ひて我が胸中を鋭く抉る

聞こえくる小柳ルミ子の歌声に大学時代のよみがへる夜

夜の部屋に

夜の部屋に読みさしの本積み上げて闇に聞くなり夏終はる音

夜の更けに母の襁褓を取り換ふる妻の姿は闇に動きて

入院のベッドにもの縫ふしぐさして眼のうつろなる母の手握る

タイトルマッチ

タイトルマッチのリング上に椅子持ちて上がる二人のレスラーは反則告げられ

反則をさせておく時間のあることをリングサイドにて初めて知りぬ

タイトルを奪はれしレスラーの哀しみを持ちて昼暗き階段下る

吹奏楽五十年

チューバ吹きスーザフォン吹きユーホ吹く生き続け吹き続け今日五十年

ブランクがありてもキャリアが補ふべしバズィング・音程またタンギング

朝の公園

幼な児の花壇に入りて虫探す声の響かふ朝の公園

ブランコに乗らむとするに幼な児の二人駆け寄る朝の公園

ほほゑめばほほゑみ返す幼な児とブランコをこぐ朝の公園

シーソーに妹座らせこぐ姉の声たくましき朝の公園

さか上がりなかなかできぬ少年の日の思ひ出と朝の公園

ある日

駅の階段を三段とばしに昇りゆく我に真正面より朝日の照らす

昼休みプチッと甘きプチトマト君の視線を遠く重ねて

オカリナの響く教室夕暮れは時に詩人となりゆくらしも

歌会終へて

一人逝き一人去りたるこの部屋に今日の歌会を盛り上ぐる一人

高齢には勝てぬと今日の退会を告げくる君の大きく見えて

雨上がる公民館の駐車場君を乗せたる車走り行く

新校舎建設始まる

四十年勤めし校舎に恩返し地鎮祭の斎主となりたる我は

グランドに重機つぎつぎ運ばれて新校舎建つ杭打ち始まる

秋空に杭打つ音の澄みわたる朝を授業の漢詩読みゆく

校庭に今年限りのけやきの木葉の色づけば秋空に映ゆ

ひと息つきて

夕暮れのホットココアの熱き香に職退きし身の思ひ満たさる

風強き競技場に人ら見つめをり五郎丸ポーズの時を待ちつつ

平成二十八年

幸せの中で

いつまでもこの幸せを保ちゆかむ家族六人ひとつ屋根の下

老い母に夕べ冬の陽あたたかし目を細めつつやがて眠りぬ

スプーンに粥を運べば口あけて日ごと赤子に戻りゆく母

ひとり読む窓に聞こゆるシジュウカラ青く澄む空に姿は見えず

有刺鉄線デスマッチ

滴るは汗か涙か鮮血かコーナーポストに上りゆくレスラー

相手めがけトップロープ越しにダイブするレスラーまつさかさまに場外に落つ

有刺鉄線に額こすりつけ攻める選手鉄線の形に鮮血流る

相手の背に蛍光灯六本蹴り込めばライトに映えて破片飛び散る

清見潟短歌教室

三十年たちまち過ぎてこの朝も光の中を歌会へ向かふ

戦争を郷土を今を人生を教へられつつ老と語らふ

歌一首残し逝きたる人ありて面影しのぶ冬の教室

不思議なるものか見知らぬ人寄りて短歌ひとつに縁の生まれて

家族模様

このことは問はず語らず三十年花冷えの夜を妻と黙して

弟と息子の名とを違へたる老母《はは》のまなざし温き手のひら

汗にじむ出勤の朝父母とゐるこの幸せを今日も感じて

幼な日の夢駆け巡る野を行けば継ぐ人なきにみかん花咲く

婚近き息子帰り来階段を昇る足音夜に響かせて

かたち成しゆく

梅雨空に響く工事の金属音漢文を読む教室に聞く

新校舎かたち成しゆく梅雨入りの部屋に数学解く子らも見ゆ

ひっそりと取り壊し待つ旧校舎夕日を返す木の間に見えて

屋上の天文台の輝きを仰ぎし日あり中庭に立つ

敗戦の月

隣席より語りかけ来る老教師七十三歳現職と言ふ

我の知る教師の名つぎつぎ口にして老教師己が職歴語る

声援の鳴り止まぬ中我も立ち西日まぶしくスーザフォン吹く

継投に打線つながらぬ我が校の凡退に「大進撃」もたちまち止みぬ

我が校の同点ホームランにスタンド湧き何かが起こる気配高まる

攻撃と思へばたちまちスリーアウト速きテンポに試合は進む

球場の鉄骨の間から差し込みて夏の西日は試合を照らす

ランナーをつひに返せず終了のサイレンの中階段下る

振り仰ぐ東の空にくきやかに敗戦の日の夏の半月

雪の富士

忙しき十月過ぎてこの朝を初冠雪の富士に真対ふ

庭先の木々の梢のかすかなる揺れ見つつゐて母我を呼ぶ

夕暮れのガラス扉に写りたる我が顔の中に父と母をり

はつ冬の小雨にけむる山なみのかなた雪ある富士は裾ひく

朝の教室

体育祭を明日に控へるこの朝を「永訣の朝」子らと読み合ふ

参考書しばし見てゐし女生徒の言ひ出づ「君の名は。」のひとコマ

この朝も入試の近き教室は声ひとつなき空間となる

再びのステージへ

はつ冬の光の中を歩み行く四十年前の思ひ出と我と

休日の母校の庭に風ありて我が吹くチューバの音響くなり

我が作りし部歌うたひゆく後輩の声確かなる楽譜を刻む

チューバ吹き五十年目のこの夕べ後輩と共にステージに立つ

団員の視線一瞬我が指揮に集まり曲はフィナーレとなる

解体を待つ

解体を待つ旧校舎ひそまりて春の日ざしに鳥しきり飛ぶ

机イスなき教室にしばし立ち遠き日の我が授業する声

幾人の子ら通りけむこの下をけやき大樹は終の葉落とす

体育祭・球技大会・朝礼に立ちしグランド新校舎建つ

新しき職員室に我が使ふ机は五十五番とありて

平成二十九年

吹奏楽専攻

ホルンともトロンボーンとも思はれてレッスン室の君のチューバは

やはらかな日ざしの中を聞こえくる本番まぢかき君のフルート

うねるごとクレッシェンドは高まりて本番前の曲となりゆく

美術専攻

一抹の不安に傾く文字盤に長針ゆつくり未来を刻む

海からの水かと思ふ林より流れくる川春伴ひて

乱れ散る桜吹雪に振りかざす刃ひとすぢ宙を斬り裂く

例祭終へて

集ひたる三十人の柏手の音揃ひつつ例祭終はる

直会の席に後継ぎなきことを総代ひとり小声にて言ふ

たちまちに雨雲おほひ暗みゆく祭終へたる山あひの村

ガレキ片付く

梅雨空にユンボの首は恐竜となりて旧校舎のガレキを掬ふ

ユンボに掬ひ取られしガレキの山音立つる中黄の壁も見ゆ

ダンプカーに積まるるガレキと鉄骨の先端かすめ朝のつばめは

旧校舎解体のガレキ片付けば青空の下山がすぐそこ

はつ夏の朝の日返す新校舎窓辺に我呼ぶ女生徒のゐて

音楽の広場

真夏日と集中豪雨のこの夏のオーケストラに我も加はる

八月の本番に向け集ひ来る人にまじりてチューバ背に重し

チューバ吹く目に留まれるは癌を病む同級生の君のバイオリン

客席の高きより吹くトランペットその音高らかに「アイーダ」始まる

金谷宿短歌教室二十年

空青く茶園のみどり映ゆる地に短歌教へて二十年過ぐ

満面の笑顔に若き日語りつつ歌の世界を広げゆく君

うつむきて乙女の姿とどめゐる口数少なき君と向き合ふ

人生を振り返りつつ歌を詠む君はいまだに多くを語らず

文法を和歌史を語る窓辺には秋の朝日の穏やかに差す

新しき家族

うつむきてデイサービスに運ばるる父母をかすめて赤とんぼ飛ぶ

夏終はる日暮れはさびし部屋に寝てカセットテープに聴く「神田川」

夕暮れの秋の気配に初孫の誕生知らする妻のひと言

勤め来し四十二年の過ぎゆきて秋のこの朝初孫の声

思ひ巡りて

土色のグランド今朝はたちまちに人工芝の緑に埋まる

新しき人工芝を駆けて行くボール蹴りつつ少年ふたり

数枚の解答用紙の足らざるか教師あわてて廊下駆け行く

生徒らに国語教ふるも最後とぞ思ひつつ今朝の教壇に立つ

新任の我に朱肉を渡しくれし同級生の君を忘れじ

過ぎゆく日々

冬空のかなたに霞む山なみを見つつにはかに少年となる

読書する手元たちまち薄暗くなりて冬至のひと日過ぎゆく

暮れてゆく冬のひと日を惜しむがに凪に動かぬ雲のひと群

幾たりかここを過ぎけむ初春の富士みはるかす瀬名川の宿

平成三十年

皆既月食

寒風に雲の動かぬ昼下がり年度がはりの思ひ巡らす

おはやうの声響き合ふ教室に我もクラスの一人となりぬ

見上げつつ皆既月食叫ぶ子の声冬の夜の静寂に澄む

母の声

我を呼ぶ名前日ごとに変はりゆく母の小さき声今日もまた

海見ゆるふるさとの山父母と来てみかん切りたり少年の日に

ふるさとは母の膝もと安らぎの中に己をひた探しつつ

雲ひとつ動くことなし遠く聞く少年の日の鳥のさへづり

入院近し

この夏は吹くことのなき我がチューババルブオイルを一滴垂らす

ガラケーをスマホに替へて今朝の妻痛む足さすり少しほほゑむ

病室に頬こけし母目を凝らし天井の白見つめてゐたり

入院の日の迫りくるこの夜更け豪雨の死者の二百人超す

震災の津波かと思ふ大雨は人・家・車流す広島

入院の近き我が身をたづさへて月下美人の花ひらく径

ＦＭしみづ番組参加

海見えて我と君との対話弾むＦＭしみづのスタジオ涼し

我がマーチオープニングとして番組の始まり今日は何を語らむ

夏の入院

西日さす病院の廊下を帰りゆく妻を見送る患者の我は

迫りくる明日の手術にこの夜更け六十五歳の体を洗ふ

入院を短歌づくりのチャンスとぞ思へば楽し今朝の回診

マスクする五人の医師に囲まれて処刑さるるごとく入る手術室

酸素吸入と思ひしがすぐに眠りに落ちかくして手術始まるらしも

起こされて手術終はるに気づきたり妙に明るき空のまぶしさ

額に鼻に脂のごとき汗湧きぬ手術終へたる後の我が顔

夕食の終へたる病室西の空いつしか街の灯点り始めぬ

病室の窓より見ゆる山なみの青くきやかに今朝の夏空

甲子園我が作曲の応援歌ラジオより聴く入院のベッドに

百回の記念大会甲子園スーザフォン吹けぬ虚しさにゐる

絶え間なくナースコールの鳴り響く夜更けの廊下に耳澄ませをり

金属音小さく響かすワゴン車に外科病棟の朝は始まる

心地良きこの病室に五日目の顔洗ひをり外は猛暑日

入院の最後の日となればなぜか悲し旅の終はりのさびしさに似て

母逝く

せはしなきひと日の過ぎてくつろげば夜ごと母なき悲しみの湧く

母恋ふる思ひに来たる裏庭に肩冷えて仰ぐ今宵十三夜

風温き庭の片隅五年前母の植ゑたる梅に花咲く

歩み行くこの先母の眠る寺鎌倉街道今朝は人なし

コスモスは母の笑顔か夕暮れの野辺にやさしく我にささやく

「誠実にひたすら生きよ」雨上がる初冬の空に母の声する

薄れゆく

定年を過ぎて働く日の暮れに振ることもなき指揮棒みがく

担任の感覚しだいに薄れゆくこの哀しみの中に老ゆらし

冬空に動かぬ大き雲ありて補習の子らと眺むる夕べ

思ひ出にひたる夜の更けほほゑみて語る母あり遠き君あり

時代の鼓動

行事には「平成最後」の文字冠し常のごとくに人ら過ぎゆく

台風に猛暑・パワハラ・大地震列島駆け抜け平成終はる
晴れわたる五月の空に新しき日本の未来を描けよ令和

平成三十一年

過ぎゆく日々

妻とゐる冬の朝焼け出勤の朝の鏡にネクタイ直す

阪神大震災二十四年後の春にして日本人横綱稀勢の里引退す

母逝きて朝はすることなくなりぬ窓開けて見る残雪の富士

この朝は落葉踏みたし人間を見てると心が疲れてしまう

横にゐる君が読んでるその本は二十年前のボクの愛読書

十七歳

花粉飛ぶ昼の校庭甲子園初出場の碑に見入りたり

教室に少女の髪の匂ふ昼趣味のことなど語り合ひたし

子ども半分大人半分の十七歳ひしめく中に我も笑み合ふ

話したきことまだあるにチャイム鳴り今年最後の授業終へたり

四月一日

新元号発表を妻と待ちゐたり六十六歳我が誕生日

新元号知らず逝きたる母の前に小声で告げぬ「令和」の二文字

久々の女子プロレス

座るより青コーナーが近いから立見でいいよ今日の女子プロレス

最後列のそのまた後ろに立つなんて今日の試合はついていないね

でもいいよ立見が一番見えるから場外乱闘もほらすぐそこに

試合中ふと窓見たら新緑がとても目にいい東京の空

白く長く細い両脚蹴り上げてリングに放つドロップキック

平成を送る

日没が遅くなったねいつまでも君のアトリエの黄色が濃くて

平成の終はる夜の更け降り続く冷たき雨を見つつ我がをり

新緑の雨にさ揺らぐ木々の枝を窓辺に見つつ平成送る

あとがき

来週の日曜日は天気予報によると雨。大切な行事があるというのに、雨に降られたらどうしよう。そんな時、母にお願いすると、不思議なことに当日は晴れた。令和を知らずしてこの世を去った母への感謝と追悼の気持ちを込めて歌集を編んだ。

本集は『山の夕映え』に続く私の第五歌集である。平成二十一年一月から平成三十一年四月までの二、三三六首の中から四二〇首を自選し、編年体で構成した。十年ごとの自分史のつもりで出してきた歌集だが、今回は平成から令和への御世がわりと重なった。平成から令和に変わるころ、私の身辺にもさまざまな変化・異動・節目が相次いだ。

一つ目は学校関係。平成二十五年に常葉学園を定年退職。引き続き常葉橘高校の非常勤講師としてお世話になっており、まもなく教員生活四十五年目を迎えようとしている。常葉橘高校はその後、校名変更・新校舎建設と様変わりした。一方で、二十年間務めた常葉短大非常勤講師の職を辞したこと・学園長木宮和彦先生の御逝去など、時の流れを感じさせた。

二つ目は神社関係。地元の小さな神社八社の宮司を兼務しているが、今年で宮司就任四十年目となる。新たに二社を受け持つことになり、責任役員の高齢化が進む中、いかに地域を活性化させるか、課題は多い。

三つ目は家庭関係。まず、自宅を新築し、平成二十六年からは快適な環境の中で生活している。そして、長男が結婚し、独立。二人の孫にも恵まれた。しかし、平成三十年、母花江の他界に伴い、同居家族は四人となった。

四つ目は音楽関係。学生時代から吹奏楽でチューバを吹き続けて五十三年。それまでは吹奏楽中心だった趣味の範囲を広げるべく、オーケストラ・合唱団にも参加した。そして令和元年、静岡市内の三つの大ホールのステージに立つことができた。

五つ目は短歌関係。何と言っても、これまで作品発表の場としてきた歌誌「炸」の終刊。それに伴い、令和二年からは、かねてから私淑する佐佐木信綱ゆかりの「心の花」に入会させていただいた。令和元年には、日本歌人クラブの東海ブロック幹事に就任。今年、創設六十年となる静岡県歌人協会の常任委員としても二十年目を迎える。また、現在県内十会場で短歌教室を展開しているが、旧清水市で三十四年間続いた清見潟短歌教室はこの三月で閉鎖。代わって桜が丘短歌会が発足し、その灯を受け継いでいる。さらに、令和元年から常葉大橘高校に放課後の短歌講座が設けられ、私が講師を務めることになった。高齢化が進む短歌人口の若返りを図りたいものである。

令和という新しい時代を迎え、私も六十代後半にさしかかった。この年齢になると、今まで見えて来なかった世界が広がる。

ひとつには、若いころは右と左に伸びていった交際範囲が、やがて左右の先端同士が結びつき、輪になって循環し始める。もうひとつは、いいタイミングでいい節目がやって来る。まさに、運命の巡り合わせであろうか。今回、飯塚書店様から「飯塚書店令和歌集叢書」へのお誘いを受け、お世話になることにした。

飯塚行男代表には懇切丁寧な本造りに取り組んでいただき、感謝申し上げる。そして、「炸」短歌会の松坂弘代表にもたいへんお世話になった。終刊した「炸」の最後の叢書番号をいただくとともに、身に余る帯文をお寄せいただき感謝にたえない。ありがとうございました。

令和二年二月　　　　　　　　　　　　桜井　仁

桜井　仁（さくらい　ひとし）

昭和28年静岡市生まれ。
國學院大學文学部卒業・同専攻科修了。
常葉《とこは》学園非常勤講師・利倉《とくら》神社宮司。
歌誌「炸」「心の花」所属。日本歌人クラブ東海ブロック幹事。
静岡県歌人協会常任委員。静岡県文学連盟運営委員。
著書に歌集『オリオンのかげ』『夜半の水音』『アトリエの丘』『山の夕映え』
句集『はつ夏の子ら』『峡の風花』共著『静岡県と作家たち』『新静岡市発
生涯学習20年』編著『校訂 三叟和歌集』『蔵山和歌集』などがある。

現住所：〒420-0913 静岡市葵区瀬名川2-19-23
TEL&FAX：054-261-2090

「炸」叢書第83編　　飯塚書店令和歌集叢書04

歌集『母の青空』

令和2年4月1日　初版第1刷発行

著　者　桜井　仁
発行者　飯塚　行男
発行所　株式会社 飯塚書店
〒112-0002 東京都文京区小石川5-16-4
TEL 03-3815-3805 FAX 03-3815-3810
http://izbooks.co.jp
印刷・製本　日本ハイコム株式会社

 ISBN978-4-7522-8124-5　Printed in Japan